# ROSINE,

## OPÉRA

### EN TROIS ACTES.

1091

# ROSINE,

## OPERA

## EN TROIS ACTES,

*présenté, pour la premiere fois à Paris,*

## SUR LE THÉATRE

## DE L'ACADÉMIE-ROYALE

## DE MUSIQUE,

Le Mardi 11 Juillet 1786.

### PRIX XXX SOLS.

## A PARIS,

De l'Imprimerie de P. DE LORMEL, Imprimeur de ladite Académie,
rue du Foin Saint-Jacques, à l'Image de Sainte Geneviève.

*On trouvera des Exemplaires à la Salle de l'Opéra.*

### M. D C C. LXXXVI.

### AVEC APPROBATION, ET PRIVILEGE DU ROI.

(6)

Les Paroles font de M. GERSAIN.

La Mufique eft de M. GOSSEC.

# ACTEURS ET ACTRICES
## CHANTANTS DANS LES CHŒURS.

| CÔTÉ DE LA REINE. | | CÔTÉ DU ROI. | |
|---|---|---|---|
| *Mesdemoiselles.* | *Messieurs.* | *Mesdemoiselles.* | *Messieurs.* |
| Des Rosières. | Larlat. | Dubuisson. | Péré. |
| D'Hautrive. | Rey. | Garrus. | Martin. |
| Joséphine. | Cauchois. | Rouxelin. | Legrand. |
| Launer. | Renaud. | | Pouffez. |
| Macker. | Le Coq. | Sanctus. | Touvoys. |
| Aurore. | Hubi. | Charmoy. | Dupleffier. |
| David. | Cleret. | Leclerc. | Cavalliez. |
| Breffort. | Tacuffet. | Voisin. | Jouve. |
| Beaumont. | De Lori. | | Jalaguier. |
| Defrenneville. | Fagnan. | Desportes. | Moulin. |
| Clozet. | Bouvard. | Lacourneuve | Duchamp. |
| | Joinville. | Ste James. | Delboy. |
| | Le Roux, 1. | De Laigle. | Débeirk. |
| | Le Roux, c. | | Le Fébre. |
| | Guithard. | | Bourbier. |
| | Rouen. | | A ij |

## ACTEURS CHANTANS.

GERMOND, *Paysan*,     M. Laïs.

SAINT-FAL, *Seigneur*,    M. Lainé.

DELORME, *Valet de Saint-fal*, M. Châteaufort.

Premier SOLDAT, *Recruteur*, M. Chardini.

Second, *Idem*,       M. Martin.

Troisieme, *Idem*,      M. Delbois.

Le BAILLI,         M. Moreau.

COLIN,          $M^{lle}$ Desportes.

JEUNE GARÇON,     M. Duchamp.

Premier INVALIDE,    M. le Roux, c.

Second INVALIDE,     M. Péret.

Un PAYSAN,        M. Larlat.

ENFANT *de Germond &*
    *de Rosine*,       $M^{lle}$ Augufte.

ROSINE, *Epsuse de Germond*, $M^{lle}$ Dozon.

FANCHETTE, *Fille de Cabaret*,⎫
Une JEUNE FILLE,     ⎬ $M^{lle}$ Gavaudan, l.

Une VIEILLE.        $M^{lle}$ Audinot.

SIX OFFICIERS *de la fuite du Seigneur.*

SIX DAMES *de la fuite du Seigneur.*

Un CAPITAINE *du Kermes.*

Un LIEUTENANT.

Un PORTE-ENSEIGNE.

DEUX NOTABLES *pour accompagner le Bailli.*

PAYSANS *flamands.*

DRAGONS *du Régiment de Saint-Fal.*

*La Scene eft en Flandre, au Village de Vergnies, & à celui*
    *de Barbançon dans les deux autres.*

# PERSONNAGES DANSANTS.

## ACTE PREMIER.

### PAYSANS FLAMANS.

M. FREDERIC M$^{lle}$ LANGLOIS.

M$^{rs}$ Coulon, Largiere, Barré, Bozon,

M$^{lles}$ Henriette, Meziere l. Labory, Lécrivain.

### JEUNES FLAMANDS.

M$^{lles}$ DORIVAL, en garçon, MILLER.

M$^{rs}$ Béguin, Delahaye, Guillet, c. Henry.

M$^{lle}$ Siville, Leclerc, Lacoste, Courtois.

### VIELLARDS.

M. LAURENT, M$^{lle}$ MASSON.

M$^{rs}$ Guillet l. Ducel.

M$^{lles}$ Camille, Barré.

### ENFANS.

M$^{rs}$ CHAPELLE, FLIN.

M$^{lles}$ NANINE, SIMON.

M$^{rs}$ Auguste, Flin, Deshayes c. Fanfam.

M$^{lles}$ Jacotot, Dorival c. Auguftine, Béguin c.

## ACTE SECOND.

### JEUNES FLAMANDS.

M. GUENNETÉ, M$^{lle}$ ELISBERG.

*Flamands & Enfans* du premier Acte.

## ACTE TROISIEME.

### OFFICIERS DRAGONS.

Mr. HUART.

M$^{rs}$ Poinon, Milon, Dupin, Saulnier, Hus, Coindé, Deschamps, Joly.

### NOBLES FLAMANDS.

M. GARDEL, M$^{lle}$ SAULNIER.

M$^{lles}$ Simon, Dancourt, Prudhomme, Hortense. Bigotini, Vanloo, Langlois c. Gabrielle.

### JEUNES FLAMANDS.

M. NIVELON, M$^{lle}$ GUIMARD.

M$^{lle}$ DORIVAL.

### PAYSANS FLAMANDS.

M. LAURENT, M$^{me}$ PÉRIGNON.

### DRAGONS.

M$^{rs}$ NIVDLON, GOYON.

*Flamands* du premier Acte.

# ROSINE.

## ACTE PREMIER.

(*Le Théâtre repréfente un Payfage agréable, des Montagnes dans le fond, fur divers plans. On voit fur les Montagnes & à mi-côte, les préparatifs de différens Jeux, quelques tables fur le devant de la Scene, & un Cabaret à côté.*)

## SCENE PREMIERE.

GERMOND, *feul, appuyé fur une table, fur laquelle il eft cenfé avoir paffé la nuit.*

OU fuis-je ? le fommeil s'éloigne de mes yeux...
Quel fort fatal me retient en ces lieux ?

A

Quoi, d'une Epouse qui m'adore,
Ai-je pu si long-tems demeurer éloigné !
Quoi, plusieurs jours ! moi-même je m'abhorre ;
Epouse & fils, j'ai tout abandonné.

( *Appercevant une cocarde à son chapeau.* )

Ciel ! j'ai pu me résoudre... ô trop coupable ivresse !.
Par des traîtres hélas ! dans le piége arrêté,
Germond a tout perdu, jusqu'à sa liberté.
Non, rien ne peut excuser ma foiblesse,
Et mon cœur de douleur brisé. . . .
Que ne suis-je à l'instant par la foudre écrasé.

Tout m'accable, & me désespère.
O tourmens, ô cruels transports,
L'excès de ma douleur amère
Ne fait qu'irriter mes remords.

# SCENE II.

### GERMOND, DELORME.

### DELORME.

DE ce Village, ami, ce soir la fête cesse,
Passerons - nous encor ce jour dans l'allégresse ?

### GERMOND.

Ah ! malheureux !

### DELORME.

Que dis - tu ?

### GERMOND.

Oui, c'est - vous qui m'avez perdu.

### DELORME.

Comment ?...

### GERMOND, montrant sa cocarde.

Voyez.

### DELORME.

Toi seul, dans ton transport extrême,
A ces Soldats tu t'es vendu toi - même.

### GERMOND.

Quand vous deviez guider mon esprit égaré,

A ij

Par vous feul je leur fus livré :
Cruel ! du fein de mon Village ,
Ne m'avez-vous conduit ici
Que pour me perdre , & m'accabler ainfi !

#### D E L O R M E.

Ne me reproche pas le ferment qui t'engage ,
Peut-être il fera ton bonheur ,
Mais viens.

#### G E R M O N D.

Je ne dois plus vous fuivre davantage ,
De tous mes maux vous êtes feul l'auteur.

# S C E N E  III.

### D E L O R M E , feul.

VAINEMENT le regret s'empare de ton ame ,
Tu partiras. Mon Maître eft ton Seigneur ,
Je faurai t'empêcher de contraindre fa flamme.
Il eft dans la premiere ardeur
D'une bouillante jeuneffe ,
Rien ne doit m'arrêter pour fervir fa foibleffe.

Ah ! fi Germond enfin pouvoit être écarté
Par mes foins & mon artifice ,

Jamais fa générofité,
Ne croiroit trop payer un tel fervice.

# SCENE IV.

DELORME, UN SOLDAT.

*LE SOLDAT.*

DÉlorme, pour les jeux chacun déjà s'apprête,
Et dans ces lieux bientôt va fe rendre la fête.

*DELORME.*

Il fuffit ; mais fur-tout que Germond promptement
Rejoigne votre Régiment.
Celui de Monfeigneur demain paffe en fes terres,
Avec honneur il doit le recevoir,
Mes foins lui feront néceffaires,
Mais déjà la fête s'avance.
Vers lui je me rendrai ce foir.

# SCENE V.

LES MÊMES.

## PAYSANS ET PAYSANNES, COLIN, LE BAILLI, DEUX INVALIDES, FANCHETTE.

*CHŒUR des Paysans en entrant sur la Scene.*

QUE les jeux, le vin & la danse,
Partagent nos heureux loisirs,
Pour prolonger notre existence,
Amis, livrons-nous aux plaisirs.

( *On danse.* )

( *Plusieurs Paysans s'asseyent à différentes tables où on leur sert du vin, ainsi qu'aux Invalides. Le Soldat & Delorme s'asseyent près de l'avant-Scene.* )

( *Les jeunes Garçons & les jeunes Filles se réunissent aumilieu du Théâtre, & dansent en chantant la Ronde suivante.* )

*Un jeune GARÇON.*

Aujourd'hui cesse la Fête
Pour les cœurs indifférents ;

Le tendre amour en apprête
Une nouvelle aux amans.

A jouir tout nous convie,
Aimons - nous dans ce beau jour ;
La raison n'eft que folie
Quand elle gronde l'amour.

| UN PAYSAN<br>*le verre en main.* | LES INVALIDES<br>*affis à une table oppofée, chan-<br>tent en même-tems :* |
|---|---|
| Oui, d'une ingrate Maîtreffe,<br>Amis, j'abjure la Loi ;<br>A votre vaine tendreffe<br>Renoncez tous comme moi :<br>Pleins d'une même colère,<br>Brifant des nœuds fuperflus,<br>Noyons le Dieu de Cythère<br>Dans la coupe de Bacchus. | Que ton jus eft déleɛtable,<br>O Bacchus, ô Dieu puiffant,<br>Fais que ce pot fur la table,<br>Se rempliffe en fe vidant. |

### LE BAILLI, aux jeunes Garçons.

Approchez, mes enfans, & que chacun s'empreffe
A difputer le prix
Qu'en ces lieux tous les ans l'on accorde à l'adreffe.

### COLIN.

Puiffent, pour l'obtenir, mes vœux être accomplis.

### CHŒUR de jeunes Garçons.

L'efpérance remplit mon ame,
Ma main brûle de l'obtenir ;

A l'aimable objet qui m'enflamme,
Que ne puis-je déjà l'offrir.

( *Le Bailli conduit les jeunes Garçons qui doivent
tirer à l'arc dans le fond du Théâtre ; ils paſſent
entre deux haies de jeunes filles qui les enga-
gent par leurs geſtes à remporter le prix. Le
Bailli fait ranger ceux qui veulent voir tirer à
l'arc, ſur le penchant de la colline, & s'aſſied lui-
même avec quelques Notables du Village , ſur
une éminence.* )

# SCENE VI.

## LES MÊMES.

GERMOND , *un* SOLDAT *& deux* PAYSANS
*entraînant* GERMOND *ſur la Scene,*
*malgré lui.*

*Le premier* SOLDAT *des Scenes précédentes,*
*à* GERMOND.

DANS cette fête, ami , pourquoi cette triſteſſe,
Ton cœur depuis trois jours partageant notre ivreſſe,
Doit-il en ce moment s'ouvrir au noir chagrin ?
Songe plutôt à ton heureux deſtin.

GERMOND.

*GERMOND, toujours avec consternation dans le reste de la Scene.*

Je ne puis supporter la douleur qui me presse,
Ah ! laissez-moi.

*Le second SOLDAT.*

Reprends un front serein.

| *DELORME, à Fanchette.* | *Les SOLDATS.* |
|---|---|
| La Belle, allons des cartes & du vin. | Belle Fanchette, un Damier, & du vin. |

*Le premier SOLDAT, à Germond.*

Viens remplir ta promesse.

*GERMOND.*

Comment ?

*Le premier SOLDAT.*

Il faut jouer.

*GERMOND.*

Je ne puis.

*Le second SOLDAT.*

Tu le dois.

*Le premier SOLDAT.*

En nous gagnant, tu promis de nous rendre
Ce que d'un bon joueur nous avions droit d'attendre,
Et de l'honneur en tout il faut suivre les loix.

B

(*Ici les Invalides commencent leur partie de dames. Un Payfan se tient de bout auprès deux, pour les voir jouer, & donner son avis.*

GERMOND.

Où me vois-je réduit !

*Le premier* SOLDAT.

Commençons la partie.

( *Les Soldats prennent séance à une table opposée à celle des Invalides ; on y fait asseoir Germond, & Delorme y veut faire placer Fanchette malgré elle.* )

| DELORME. | Le PAYSAN *assistant au jeu des Invalides.* |
|---|---|
| Asseyez-vous-là. Ma charmante amie. | Bon, fort bien-cela. |
| Les SOLDATS, à *Fanchette.* | Un INVALIDE, *au Payfan.* |
| Non, placez vous-là. Je vous en supplie. | Tais-toi, je te prie. Tu me porteras malheur. |
| FANCHETTE. | Le PAYSAN. |
| Vous me faites trop d'honneur. | Tu me fais beaucoup d'honneur. |
| DELORME. | L'autre INVALIDE. |
| Vous me porterez bonheur. | Je dois gagner la partie. |
| FANCHETTE. | Le premier INVALIDE. |
| Le compliment est flatteur. | Quitte cet espoir trompeur. |
| DELORME & les SOLDATS, à *Fanchette*, en la faisant asseoir. | Les INVALIDES, & le PAYSAN. |
| Ma charmante amie, | Voyons. A qui gagnera. |

Je vous en fupplie, | Voyons qui l'emportera.
Placez - vous donc - là.

## Les jeunes GARÇONS & FILLES, dans le fond du Théâtre.

Oui, Colin l'emportera.

( Il fe fait un bruit général. )

## Le BAILLI, fe levant.

Paix, filence, je vous prie.

## Les jeunes GARÇONS & FILLES à demi - voix.

Oui, Colin l'emportera.

DELORME prenant les cartes en main.

Au Pharaon.

Les SOLDATS.

Soit.

Le premier SOLDAT, à Germond, qui s'eft éloigné de la table.

Par grace,
Germond veut-il s'avancer ?

GERMOND.

Ah ! daignez m'en difpenfer.

DELORME.

Non, non, viens prendre une place.

FANCHETTE, à Germond.

Vous ne pouvez refuser.

GERMOND.

Je vous le demande en grace.

( à part. )

Tout redouble mon malheur.

DELORME & les SOLDATS
en faisant asseoir Germond.

Mets - toi donc à cette place.

DELORME, les SOL-
DATS & FANCHETTE.

Dans l'attente du bonheur.
Soyons tous de belle hu-
meur.

Ici le PAYSAN verse à boire aux
Invalides.

Le premier INVALIDE, en frap-
pant du pied.

Perdu. J'ai bien du malheur.

Le PAYSAN.

A la fanté du vainqueur.

Le premier INVALIDE.

Revanche.

Les PAYSANS & les jeu-
nes FILLES dans le fond
du Théâtre.

Oui, Colin fera vainqueur.

Le fecond INVALIDE.

De tout mon cœur.

( Les INVALIDES recommencent une autre partie ,
& se querellent continuellement entr'eux ,
& avec le PAYSAN. )

Le BAILLI se levant une feconde fois avec
humeur.

Paix , paix donc , quelle rumeur.

(Ici commence la partie de Pharaon.)

DELORME.

Tirons , à qui fera ponte.

Le premier SOLDAT , après
qu'on a tiré.

Ah ! c'eft Germond.

*Le second* SOLDAT.

Que l'on compte.

DELORME.

Non, il faut qu'il foit banquier.

*Le premier* SOLDAT.

Il fera bon Tréforier.

GERMOND.
Coupez.

FANCHETTE.

J'ai la coupe heureufe.

*Le premier* SOLDAT,
*(en montrant Germond).*

La fortune n'eft plus douteufe.

GERMOND.

Hé bien, chacun eft-il prêt?

TOUS.

Oui, oui, je tiens mon livret.

GERMOND, *à Delorme.*

Couvrez votre carte offerte.

DELORME.

Allez, ma carte eft couverte.
Je mets au jeu deux louis.

*Le premier* SOLDAT.

D'un vain efpoir tu jouis.

*Le second* SOLDAT, *à Germond.*

Jouons pour les deux louis.
Que fon malheur fe confomme.

GERMOND.

Quatre, neuf, cinq, trois, huit, Roi.
Vos deux louis font à moi.

DELORME.

L'oppofite pour double fomme.

*Le* PAYSAN, *à un des Invalides.*

Eh ! que fais tu donc ?

L'INVALIDE.

Tais-toi.

*Le* PAYSAN.

Prends par-là.

*L'autre* INVALIDE.

Je vais à dame.

*Le* PAYSAN, *au premier Invalide, qui témoigne fon humeur.*

Quel dépit foudain t'enflamme ?

GERMOND.

Dame, fept, as, valet, dix.

DELORME.

Dix, Paroli.

GERMOND.
De campagne,
Sept, huit; huit & dix.

DELORME.
Gagne.
(*A GERMOND.*)
Payez-moi douze louis.

FANCHETTE, *à Germond.*

Le malheur vous accompagne.

## DELORME.

Non, fept & le va, porté
Sur la Dame, du bon côté.

## GERMOND.

Que je perde ou que je gagne,
Que m'importe en mon malheur.

## FANCHETTE.

Le jeu changera, Monfieur,
Je vais vous porter bonheur.

## DELORME.

La Dame a fait mon bonheur.

## Les SOLDATS.

C'eft jouer avec bonheur.

### Les GARÇONS dans le fond du Théâtre, applaudiffant à un beau coup.

Le coup étoit bien porté.

### Les GARÇONS,
### au fond du Théâtre.

Redoublons toujours d'ardeur,
Il n'eft point encor vainqueur.

### Un INVALIDE, à demi voix.

La victoire eft à moi, je gage.

### L'autre INVALIDE.

Tu n'aura pas cet avantage.

### Le premier INVALIDE.

Oui, c'eft moi qui ferai vainqueur.

### Le fecond INVALIDE.

Ne compte pas fur cet honneur.

### Le PAYSAN.

Non, tu n'auras pas cet honneur.

### Le premier INVALIDE, en frappant fur le Damier.

Je perds ma Dame
Je fuis malheureux,
Le coup eft affreux,
Sur mon âme.

| DELORME. | Les SOLDATS & FAN-CHETTE. | Le second INVALIDE, & le PAYSAN. |
|---|---|---|
| Il perd fa Dame, | Il perd fa Dame, | Il perd fa Dame, |
| Le coup eft heureux | Il eft malheureux | Le coup eft heureux |
| Sur mon âme. | Sur mon âme. | Sur mon âme. |

### TOUS, au fond du Théâtre.

Quel bonheur,
Colin eft vainqueur !

| DELORME. | Le premier INVALIDE. |
|---|---|
| Le coup eft heureux, fur mon âme. | Le coup eft affreux, fur mon âme. |

### LE BAILLI & les jeunes GENS, en venant fur le devant de la Scene.

Oüi, Colin triomphe aujourd'hui,
Il eft digne de fa victoire.

### Les jeunes GARÇONS.

Nos cœurs jaloux de cette gloire,
Ne peuvent la céder qu'à lui.

### Les jeunes FILLES, aux GARÇONS.

Vos cœurs jaloux de cette gloire,
Ne pouvoient la céder qu'à lui.

### TOUS.

## TOUS.

Oui, Colin triomphe aujourd'hui.

*COLIN à ses amis.*

Ah! mon bonheur s'accroît par votre joie.

*LE BAILLI à Colin.*

Aux yeux de tes rivaux dont ici se déploie
La touchante amitié, de ton brillant succès
Colin reçois le prix.

( *On lui donne un prix.* )

*COLIN regardant sa Maîtresse.*

Que ne puis-je de même
Obtenir la beauté que j'aime,
Mes desirs seroient satisfaits.

*LE BAILLI.*

Il faut la demander, l'obtenir de sa mere,
Volons chez elle en ces momens,
Et que la chaîne la plus chere
Unisse ces tendres amans.

C

## CHŒUR.

Allons la demander, l'obtenir de sa mere, &c.
( *Tout le monde sort sur une petite marche villa-*
*geoise, à l'exception des Soldats & Germond*
*que Delorme retient.* )

# SCENE VII.

## GERMOND, LES SOLDATS, DELORME.

*GERMOND en regardant sortir les Amans.*

Faut-il qu'en eux je retrouve l'image
Du bonheur que j'ai perdu !

### UN DES SOLDATS.

Oublie, ami, ta femme & ton village
Et ranime à ma voix ton esprit abbatu.

### L'AUTRE SOLDAT.

Qu'as-tu donc fait de ton premier courage?

### Le premier SOLDAT.

Nous n'allons pas encor partir,
Profitons de ce tems pour nous bien divertir.

*GERMOND à part.*

Ah ! Rofine, ah ! mon fils, qu'allez-vous devenir ?

*Le premier SOLDAT.*

L'amour, les plaifirs & leurs charmes
Sont le partage du Soldat ;
Au milieu même du combat
Il ne connoît point les alarmes.

*Le fecond SOLDAT.*

Etouffe donc un injufte chagrin.

*GERMOND.*

Ah ! laiffez-moi gémir de mon deftin.
Pourrois-je ainfi quitter des objets que j'adore !
Non, malgré-vous je veux les embraffer encore.
(*Il veut fortir, les foldats le retiennent.*)

*Le premier SOLDAT.*

De cet efpoir ne fois plus occupé.

*Le fecond SOLDAT & DELORME.*

Veux-tu fuir tes amis !

*GERMOND avec mépris.*

Vous ! qui m'avez trompé.
Que ne puis-je brifer le lien qui m'engage !

### Les SOLDATS et DELORME.

Quoi ! tu voudrois brifer le lien qui t'engage ?
L'honneur fe vengeroit de cet indigne outrage.

### GERMOND.

Oui, cruels, vous m'avez trompé.

### DELORME.

Viens avec nous rire , chanter & boire
Tu retrouveras dans le vin
Ta premiere ardeur pour la gloire.

### Les SOLDATS et DELORME.

Etouffe, étouffe un injufte chagrin.

### GERMOND.

( Dans la plus grande confternation. )
O Ciel !...

### Les SOLDATS & DELORME.

Viens avec nous rire , chanter & boire
Tu retrouveras dans le vin
Ta premiere ardeur pour la gloire.

### GERMOND.

Ah ! c'eft payer trop cher la gloire.

( Les Soldats entraînent Germond. )

Fin du premier Acte.

ACTE

# ACTE SECOND.

( *Le Théâtre repréfente un Hameau avec des bancs de gazon fur le devant & une maifon ruftique fur le côté gauche.* )

# SCENE PREMIERE.

## CHŒUR DE PAYSANS,

( *Revenant de leurs travaux avec les inftrumens néceffaires à la moiffon.* )

IL eft tems que le travail ceffe,
Danfons fous ces jeunes ormeaux,
Souvent un moment d'allégreffe
Amene l'oubli des travaux.

### UN VIELLARD.

Ah! que Germond n'eft-il encore
Au fein de ce joli hameau,

D

Il nous animoit dès l'aurore
Avec son léger chalumeau.

### LE CHŒUR.

Le soir il le faisoit entendre,
Chacun en étoit réjoui,
Nous accourions sur l'herbe tendre,
Et nous dansions autour de lui.

### UN JEUNE GARÇON.

Il nous quitte par inconstance,
Nos cœurs ne la connoissent pas,
De l'amour & de l'innocence,
Ils chérissent trop les appas.

( On danse.)

### UN VIEILLARD.

Arrêtez, Monseigneur s'avance.

### UN JEUNE GARÇON.

Quel dessein ici le conduit ?

### LE VIELLARD.

Evitons, fuyons sa présence,
Son méchant Delorme le suit.

# SCENE II.

SAINT-FAL, DELORME.

### SAINT-FAL.

Hé bien, Delorme, as-tu de ma tendreffe
Rempli le deffein médité?

### DELORME.

Oui, Monfeigneur.

### SAINT-FAL.

Ainfi, Germond par ton adreffe
Dans notre piége eft arrêté;
Pour mes feux tout obftacle ceffe.

### DELORME.

Au milieu des plaifirs par nos foins emporté,
Il fe livre à la double ivreffe,
Du vin & de la volupté;
Soudain un foldat appofté
Lui vante l'honneur & la gloire
Que l'on obtient dans les combats,
Dans fon verre Germond contemplant la victoire,

D ij

Et de Rosine oubliant les appas,
Signe que le courage,
Au milieu du carnage,
Sous les drapeaux de Mars va conduire ses pas.

### SAINT-FAL.

Qu'il est cruel d'employer l'artifice,
Pour captiver un cœur trop rigoureux!
Puis-je espérer qu'un jour il s'attendrisse,
Et qu'il partage, & couronne mes feux.
Mais quoi! souffrir que Germond me ravisse,
L'unique bien où tendent tous mes vœux!...

### SAINT-FAL et DELORME.

Non, non, à $\begin{Bmatrix} \text{mes} \\ \text{vos} \end{Bmatrix}$ desseins propice,

Le fort doit pour jamais l'éloigner de ces lieux.

### SAINT-FAL.

Depuis qu'il est absent, à la douleur livrée,
Traînant avec elle son fils,
Rosine court égarée
A ses parents, à ses amis,
Redemander en vain l'époux qui l'abandonne ;
Craignant de son départ qu'elle ne me soupçonne,
Je renferme un amour qu'elle a trop rebuté.

## DELORME.

Bientôt vous ferez écouté,
Rofine ceffera bientôt d'être rebelle;
En arrachant de ces lieux fon époux,
Pour vaincre fes rigueurs par de fenfibles coups
J'ai répandu le bruit qu'il étoit infidele,
Et par plus d'une voix elle en fait la nouvelle.
On ne pardonne pas à qui peut outrager,
Plus aifément fans doute on obtient une belle
Quand elle a droit de fe venger.

## SAINT-FAL.

Je faurai reconnoître un auffi grand fervice.

## DELORME.

Ah Monfeigneur!.. (à part) Efpoir doux & propice!

## SAINT-FAL.

De Rofine je vais attendre le retour,
En m'occupant des biens que me promet l'amour.

(Il fort.)

# SCENE III.

## DELORME, seul.

Du plus haut prix mes soins conçoivent l'es-
   pérance ;
   Oui, tout m'assure dans ce jour
   Un droit à sa reconnoissance ;
   Plus un Maître est esclave de l'amour
   Plus il répand ses dons en abondance.
Mais Rosine paroît ; allons en diligence
   De son retour avertir Monseigneur.

(Il sort.)

# SCENE IV.

## ROSINE & son ENFANT.

### ROSINE, dans le plus grand accablement.

Je n'ai pu le trouver, ô tourment, ô douleur !
J'ai tout perdu. Mon fils ! ô déplorable mère !
Enfant infortuné, tu n'as donc plus de père ?

## L'ENFANT.

Maman!...

### ROSINE à son Enfant.

Tu ne sais pas encor tout ton malheur.
Ingrat, un autre objet peut captiver ta flamme!
Le croirai-je, on ta vu, tu partois, ah! revien,
Mais tu ne m'entends pas, & ton nouveau lien....
A ce mot je frémis.... quel trouble dans mon âme?
Non, non, je ne le croirai pas;
Son cœur pourroit oublier sa promesse,
Il oubliroit ce fils de sa tendresse,
Il brûleroit pour de nouveaux appas?....
Non, non, je ne le croirai pas.
O Ciel! exauce, exauce ma prière,
Rends-moi l'époux que tu m'avois donné,
En le voyant j'oublirai ma misère,
Et tout bientôt lui sera pardonné.

### L'ENFANT.

Maman, ne pleurez pas, où donc est-il mon père?

### ROSINE.

Il t'a, mon fils, abandonné.
Ah! si tu l'entendois, si tu voyois ses charmes,
Cruel époux, tu verserois des larmes.

ROSINE,

*L'ENFANT.*

Maman je fuis bien las,
Mon père, hé bien, ne le verrai-je pas?

*ROSINE, faifant coucher fon enfant fur un banc de gazon.*

Dors, (*) mon enfant, clos ta paupière,
Tes cris me déchirent le cœur,
Dors, mon Enfant, ta pauvre mère,
A bien affez de fa douleur.

Lorfque par de douces tendreffes,
Ton père fut gagner ma foi,
Il me fembloit dans fes careffes,
Naïf, innocent comme toi.

Oui, le voilà, c'eft fon image,
Que tu retraçes à mes yeux;
Ne prends point fon humeur volage,
Mais garde fes traits gracieux.

Dors, &c.

---

(*) Perfonne n'ignore que Monfieur Berquin eft l'auteur de cette charmante Romance. L'on ne s'en eft fervi dans cet ouvrage qu'a-vec fa permiffion, & dans la certitude qu'elle répandroit infiniment d'intérêt fur le perfonnage de Rofine. Nous avions beaucoup regretté d'abord d'être obligés de fupprimer une grande partie des couplets. Ils refpirent tous le fentiment le plus naturel & le plus tendre, & pour comble de déplaifir, M. Berquin nous apprend, mais trop tard, que nous nous fommes réglés fur une copie très-infidelle, quant à l'ordre des vers.

SCENE

# SCENE V.

ROSINE, SAINT-FAL, L'ENFANT
*fur le banc de gazon.*

### SAINT-FAL.

MON cœur, belle Rofine, à vos larmes fenfible
Vient s'attendrir fur vos malheurs,
Sans doute en partageant votre fort infléxible
Il doit en calmer les rigueurs.

### ROSINE.

Ah! Monfeigneur, me feroit-il poffible
De fécher d'auffi juftes pleurs?

### SAINT-FAL.

Eh, devez-vous pleurer l'époux qui vous outrage,
Non, non loin de vous affliger,
De la perte d'un cœur volage,
Ne fongez qu'à vous en venger,
En acceptant un autre hommage.

### ROSINE.

Les nœuds dont l'ingrat fe dégage,
En doivent-ils moins me lier?
Et qui pourroît me les faire oublier?

E

ROSINE,

*SAINT-FAL.*

Un cœur plus pur aspire à ce doux avantage.
Ne soyez plus rebelle à mon amour,
Vous connoissez le feu qui me consume,
Daignez du sort adoucir l'amertume,
En m'accordant le plus tendre retour.

*ROSINE.*

Seroit-ce bien à moi que ce discours s'adresse?
Quand je pleure un Epoux
Vous parlez de tendresse !
Si je suis toute à lui puis-je encore être à vous?

DUO.

*SAINT-FAL.*

Livrez-vous à ma flamme.

*ROSINE.*

Je ne puis l'écouter.

*SAINT-FAL.*

C'est trop me résister.

*ROSINE.*

Vous déchirez mon âme,
Moi trahir mes sermens !

*SAINT-FAL.*

Votre Epoux les oublie,
Il caufe vos tourmens.

*ROSINE.*

Malgré fa perfidie
Je le chéris toujours.

*SAINT-FAL.*

Cruelle, à mes difcours
Daignez enfin vous rendre.

*ROSINE.*

J'aimerois mieux la mort, plutôt qu'à vos difcours
Mon cœur jamais confentit à fe rendre.

*SAINT-FAL.*

Sur vous tous les malheurs
Vont bientôt fe répandre.

*ROSINE.*

Eh quels nouveaux malheurs
Vont fur moi fe répandre?

*SAINT-FAL.*

Redoutez mes fureurs.

*ROSINE.*

Ah! calmez vos fureurs.

E ij

## SAINT-FAL.

Oui, je puis me venger, mais un pouvoir suprême
M'arrête, me dit que je t'aime,
Et pour te vaincre, à tes genoux
Je tombe, & te supplie....

### ROSINE.

Laissez-moi.

### SAINT-FAL.

Ciel ! où courez-vous ?

### ROSINE.

*(Prenant son Enfant qu'elle embrasse.)*

### L'ENFANT, *avec effroi.*

Maman !

### ROSINE.

Qui, moi, mon fils ! à ton père infidelle....

### SAINT-FAL, *avec attendrissement.*

Quel spectacle ! Etouffons une ardeur criminelle.
Rosine !.. Non. Je ne me connois plus.
Allons cacher mon trouble, & mes feux confondus.

# SCENE VI.

## ROSINE, L'ENFANT.

### ROSINE.

Moi Rosine oublier le devoir & l'amour !
J'eusse aimé mieux cent fois perdre le jour.

Oui, cher Epoux, je t'aimerai sans cesse,
Pour moi tu peux éteindre ton ardeur,
Mais rien jamais n'éteindra ma tendresse,
Ton nom toujours restera dans mon cœur.

Mais déjà la nuit commence.
Rentrons. Ce calme & ce profond silence
Qui pour tous les humains ramènent le repos,
Loin de les appaiser augmentent tous mes maux.

# SCENE VII.

*GERMOND*, *seul dans le fond du Théâtre.*

Qu'AI-JE fait ! ô douleur amère!
O remords , ô cruels regrets !
A ma demeure solitaire
Je reviens en tremblant... faut-il que pour jamais!...
O mon fils ! Epouse si chère,
Dois-je vous accabler des plus funestes traits ?

Dans le tourment qui me déchire,
Non, je ne dois point les revoir,
Et que cent fois plutôt j'expire
Que de combler leur désespoir.

Mais ne point voir une Epouse si tendre!
Mais ne point embrasser mon fils!

Oui tous les maux que je pouvois attendre
Dans ce dernier font réunis.

Je vois une foible lumière
Dans ce féjour de la douleur;
Auprès d'un fils veille une mère
Pleurant fur un Epoux qui caufe fon malheur.

( *On entend des plaintes dans la maifon de Ro-*
*fine.* )

Quels longs gémiffemens, quelles plaintes mortelles !

*R O S I N E , dans fa maifon.*

O mon Epoux !

*G E R M O N D.*

Je t'entends. Tu m'appelles.
Rofine, ah Dieux !

*R O S I N E , à fa fenêtre.*

Quels fons trop connus de mon cœur
Viennent de le frapper ?

ROSINE,

## GERMOND.

Je friffonne d'horreur.

### ROSINE, à fa fenêtre.

Germond, parle, eft-ce toi?

## GERMOND.

Non, c'eft un malheureux,
C'eft un monftre qui s'abhorre,
Et qui malgré fon crime affreux,
Ofe paroître, ofe t'aimer encore.

SCENE

# SCENE VIII.

## GERMOND, ROSINE.

### DUO.

*ROSINE, accourant avec précipitation.*

ENFIN je te revoi.

*GERMOND, reculant.*

Rosine....

#### ROSINE.

Quoi, tu détournes la vue!

#### GERMOND.

Je ne puis la fixer sur toi.

#### ROSINE.

Ah rends le calme à mon âme abattue.
Regarde-moi, cher Epoux.

#### GERMOND.

Je dois plutôt tomber à tes genoux.

F

### ROSINE.

Leve-toi.

### GERMOND.

Je ne puis. (*à part.*) Comment lui dire...
Je frémis....

### ROSINE.

Parle.

### GERMOND.

Hélas !

### ROSINE.

Ton cœur soupire.

### GERMOND.

Je ne puis dévoiler
Ce funeste myſtère.

### ROSINE.

Tu me dois dévoiler
Ce funeste myſtère.

### GERMOND.

Tout me force à le taire.

## ROSINE.

Tu veux donc m'accabler.

## ENSEMBLE.

| GERMOND. | ROSINE. |
|---|---|
| Je dois par mon silence Epargner ta douleur. | Veux-tu par ton silence Augmenter ma douleur. |

## GERMOND.

Cesse une vaine instance.

## ROSINE.

Au nom de mon ardeur.

## GERMOND.

Ton Epoux l'a trahie.

## ROSINE.

Parle, à ce prix j'oublie
Ma peine & ton erreur.

## GERMOND.

L'auteur de ta misère
Mérite ta colère.

| GERMOND. | ROSINE. |
|---|---|
| Je ne puis dévoiler<br>Ce funeste myftère,<br>Tout me force à le taire. | Tu me dois dévoiler<br>Ce funeste myftère. |
| Je dois par mon filence<br>Epargner ta douleur. | Tu veux donc m'accabler ?<br>Veux-tu par ton filence<br>Me déchirer le cœur? |

### GERMOND.

Où fuis-je réduit! plains mon trouble,
Plains mon tourment qui fe redouble,
Plains un Epoux qui t'aime avec tranfport
Et qui te perd. Adieu.

### ROSINE.

Ciel ! où vas-tu? Demeure.

### GERMOND.

Il faut partir.

### ROSINE.

Veux-tu donc que je meure.
Ah, mon fils, quel fera ton fort!

### GERMOND.

Mon fils.....

### ROSINE.

Oui, cet Enfant, ce fruit de nos tendreſſes,
Qui t'accabla ſouvent de ſi douces careſſes ;
Suis-moi, viens lui donner la mort.

### GERMOND.

Qu'entends-je ?

### ROSINE.

Epoux & père
Viens, viens voir expirer & ton fils & ſa mère :
Et ſatisfait de leur trépas,
Loin de ces lieux alors, cruel, porte tes pas.

(*Elle entraîne Germond chez elle.*)

# SCENE IX.

### UN VIEILLARD. PLUSIEURS PAYSANS.

*UN PAYSAN* appercevant seul Germond
rentrant chez lui avec Rosine.

Oui c'est Germond, oui c'est lui-même.

#### Un autre PAYSAN.

Que je plains son destin cruel !

#### Un autre PAYSAN.

Au sein d'une femme qu'il aime,
Il va porter un coup mortel.

#### Un troisième PAYSAN.

Ah ! sans doute, c'est par surprise
Qu'il a pu signer son malheur.

## LES PAYSANS.

Non, non ce n'est que par surprise
Qu'il a pu signer son malheur.

## LE VIEILLARD.

N'oseriez-vous tenter une noble entreprise ?

## LES PAYSANS.

Parlez, ô ciel! parlez, quelle est cette entreprise ?

## LE VIEILLARD.

Vous aimez tous Germond, vous connoissez son cœur,
Notre zèle en ce jour peut le rendre au bonheur;
L'obtiendra-t-il de vous?

## LES PAYSANS.

Ce doute nous offense,
Notre vie, & nos biens sont tous en sa puissance.

## LE VIEILLARD.

Livrons-nous donc en ce moment
Au plaisir de briser sa chaîne.
De l'amitié qui nous entraîne,
Suivons le tendre mouvement.

LES *PAYSANS.*

Oui, livrons-nous en ce moment
Au plaisir de briser sa chaîne,
De l'amitié qui nous entraîne,
Suivons le tendre mouvement.


*Fin du second Acte.*

ACTE

# ACTE III.

*(Le Théâtre repréſente une grande avenue du Château du Seigneur.)*

# SCENE PREMIERE.

## SAINT-FAL, DELORME.

*SAINT-FAL, à part les deux premiers vers.*

Qu'ai-je fait ? Mais comment étouffer tant
d'amour ?...
Je ne puis. Cependant Germond eſt de retour.

Il ne devoit plus reparoître.

G

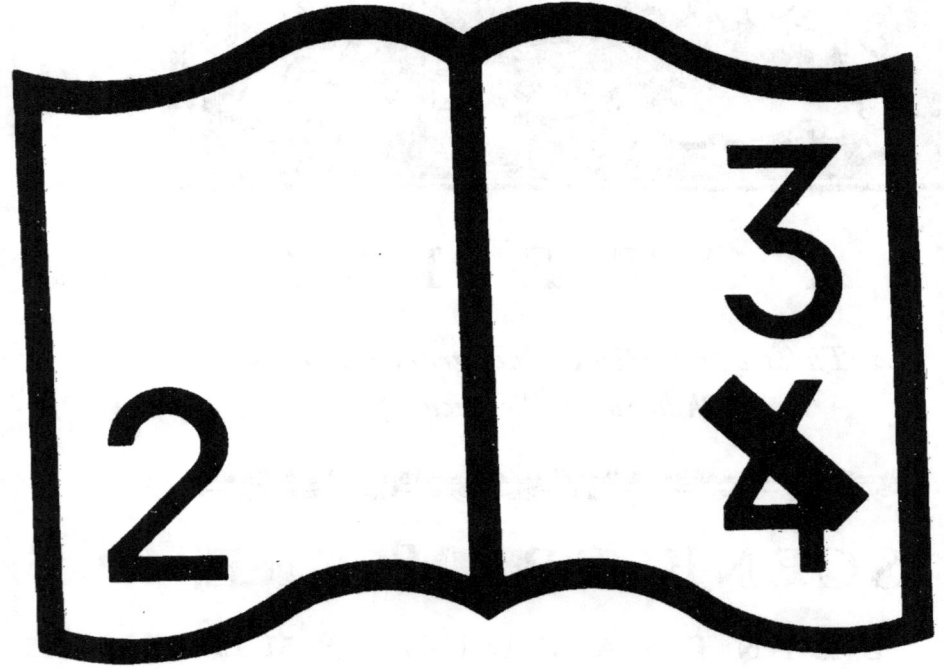

Pagination incorrecte — date incorrecte

**NF Z 43**-120-12

*DELORME.*

Oui, je le fçais ; mais avant que le jour
Dans ces lieux puiffe encor renaître,
Il fera forcé de partir.
J'ai répondu d'un fuccès à mon maître
Et rien dans fon efpoir ne peut le démentir.

*SAINT-FAL.*

Puis-je efpérer encor de captiver fon âme ?

*DELORME.*

Qui vous en fait douter ?

*SAINT-FAL.*

Dans l'excès de ma flamme
M'expoferai-je encor ?

*DELORME, avec feu.*

Doit-on fe ralentir
Quand on n'a pas craint d'entreprendre ?
Son cœur à vos defirs tôt ou tard doit fe rendre.

*SAINT-FAL.*

Se laiffera-t-il enchaîner ?

*DELORME.*

Et qui pourroit l'en détourner ?

#### SAINT-FAL.

Son Epoux.

#### DELORME.

Son Epoux?

#### SAINT-FAL.

Même dans son absence
Elle l'aimoit.

#### DELORME.

Hé bien?

#### SAINT-FAL.

Que fera sa présence?

#### DELORME.

Elle n'en peut jouir long-tems.
Je sors. On obtient tout par la persévérance.
Et vous l'éprouverez avant peu de moments.

(*Il sort.*)

G 2

# SCÊNE II.

## *SAINT-FAL seul.*

LIVRONS-NOUS donc encor aux premiers
　　mouvements
　　De l'amour & de l'espérance.

　　Oui je sens au fond de mon cœur
　　Mes feux se redoubler encore ;
　　Oui j'entrevois déjà l'aurore
　　De mon triomphe & du bonheur.
　　Que des desirs l'ardeur extrême
　　Se couronne par les plaisirs,
　　Et que du sein des plaisirs même
　　Renaissent de nouveaux desirs.

# SCÈNE III.

SAINT-FAL, GERMOND, ROSINE, L'ENFANT.

( GERMOND *sortant en se dégageant des bras de Rosine & de son fils.* )

GERMOND *à Rosine.*

JE vois tout. Le cruel ! mais il le faut , je pars.

ROSINE ET SON ENFANT.

( *s'efforçant de retenir Germond.* )

{ Mon époux !
{ Mon pere !

SAINT-FAL *à part.*

Quels objets s'offrent à mes regards !

ROSINE *appercevant le Seigneur.*

Dieux !

GERMOND *au Seigneur.*

Cruel, c'est donc vous, vous dont la main
me guide

Dans l'abîme le plus affreux ;
Vous qui pour affouvir vos téméraires feux
Me rendez barbare & perfide ;
Vous enfin qui deviez m'infpirer la vertu ,
Vous m'apprenez à connoître le crime ;
De votre aveugle amour malheureufe victime ,
Mon cœur frémit du coup dont il eft abattu.

### SAINT-FAL.

Germond, quelle audace infolente ?...
( à part. )
Elle eft jufte !

### GERMOND.

J'en crois une époufe tremblante
J'en crois fur-tout fa tendreffe & fes pleurs ,
Qui m'atteftent tous mes malheurs.

### ROSINE.

Je frémis, cher époux !

### SAINT-FAL à part.

Que fa voix eft touchante !

# SCENE IV.

LES MÊMES. LES DEUX SOLDATS, DELORME.

*Premier SOLDAT à Germond.*

N'ESPERE pas nous échapper

*ROSINE ET GERMOND.*

Ciel !

*Second SOLDAT.*

Camarade, il faut nous suivre.

*DELORME, à part aux Soldats.*

Ne le laissez point échapper.

*ROSINE.*

Non je n'y pourrai survivre.

*GERMOND.*

Quel nouveau coup vient me frapper.

*SAINT-FAL à part.*

Entre deux sentimens mon âme est suspendue.

*R O S I N E.*

Ah! fuyez, votre afpect me tue.

*DELORME aux Soldats.*

Qu'à l'inftant il foit entraîné.

*Premier SOLDAT.*

Suis-nous.

*Second SOLDAT.*

Suis-nous.

*GERMOND.*

Ciel! où fuis-je entraîné?

*SAINT-FAL avec embarras.*

De quels objets je fuis environné!

*GERMOND ET ROSINE.*

Ah! fuyez, votre afpect me tue.

*LES SOLDATS.*

Suis-nous fans répandre des pleurs,
Viens où t'attendent les honneurs.

*GERMOND ET ROSINE.*

Cruels, voyez couler ${}^{\text{fes}}_{\text{mes}}$ pleurs.

*SAINT-FAL.*

*SAINT-FAL à part.*

Que Je fuis touché de fes pleurs.

*DELORME aux Soldats.*

Amis n'écoutez point ces pleurs.

*ROSINE aux Soldats.*

Serez-vous toujours infenfibles?

*LES SOLDATS.*

Oui nous devons être inflexibles.

*GERMOND.*

Dieux! quels coups, quels tourmens hor-
ribles!

*DELORME à part aux Soldats.*

Vos cœurs doivent être inflexibles.

*ROSINE ET GERMOND.*

Voyez couler mes pleurs.

(*Le canon du Château fe fait entendre.*)

*LES SOLDATS.*

Qu'entens-je?

*DELORME.*

Monfeigneur!....

H

ROSINE ET GERMOND.

O mortelle fouffrance !

DELORME.

C'eft votre Régiment qui, fans doute, s'avance,
Venez.

LES SOLDATS entraînant Germond.

Marchons fans répandre des pleurs.

GERMOND ET ROSINE.

Cruels, voyez couler $_{mes}^{fes}$ pleurs.

SAINT-FAL à part.

Je verfe malgré moi des pleurs.

DELORME.

Le tems calmera vos douleurs.

ROSINE au Seigneur & aux Soldats.

Quoi ! mes larmes, ma peine extrême....

GERMOND.

Je dois obéir à la loi.

( Aux Soldats. )

Et je vous fuis. Rofine, embraffe moi.

LES SOLDATS.

Marchons.

### ROSINE.

*( Se précipitant entre les Soldats & Germond avec son enfant. )*

Non, arrêtez, cruels, en ce lieu même
Avec mon fils j'expire de douleur.

### SAINT-FAL.

Je ne puis plus résister à ses larmes.....
Tendres époux, banniffez vos alarmes.

# SCENE V.

LES MÊMES, UN VIEILLARD, PLUSIEURS
PAYSANS ET PAYSANNES.

### CHŒUR DES PAYSANS.

*( En entrant fur la Scène. )*

O plaifir! ô bonheur!
O tranfport d'allégreffe.

### DELORME.

D'où naît cette allégreffe.

### UN PAYSAN, à Germond & Rofine.

Que votre tourment ceffe,
Soyez libre à l'inftant.

H 2

*D E L O R M E.*

D'où naît ce mouvement?

*L E P A Y S A N.*

Nous apportons le prix de son dégagement.

*S A I N T - F A L.* ( *à part.* )

Ah! c'en est trop. Ciel, que viens-je d'entendre?

( *Aux Paysans.* )

Je suis vaincu. Non, non, c'est à moi de lui rendre
La liberté, la paix, & le bonheur.

( *A Germond.* )

Vous ne partirez pas.

*G E R M O N D* et *R O S I N E.*

Ah, Monseigneur!

*P A Y S A N S.*

Ah, Monseigneur!

*S O L D A T S.*

Quoi, Monseigneur!

*D E L O R M E.*

Quoi, Monseigneur.

### SAINT-FAL.

Du ferment qui vous engage
Je vous affranchirai fans offenfer l'honneur.
Oui, Germond, fi l'un fert l'Etat par fon courage,
L'autre doit le nourrir par des travaux plus doux;
Retournez à vos champs. Tendre & fenfible époux,
Adorez dans Rofine une vertu fincère:
A jamais tous mes foins fe répandront fur vous;
Pour partager un fort dont mon cœur eft jaloux
A cet enfant je veux fervir de père.

### GERMOND.

{ Rofine!

### ROSINE.

{ Germond!

### GERMOND, ROSINE & Les PAYSANS.

*( Au Seigneur. )*

Ah! Monfeigneur, par quels remercîmens
Vous témoigner notre reconnoiffance!

### SAINT-FAL à Germond & Rofine.

Non, réfervez pour vous ces doux empreffemens

*( A Delorme en particulier. )*

Et toi qui m'excitois à tromper l'innocence

Par tes discours insidieux,
Sors & jamais ne parois à mes yeux.
( *Saint-Fal sort d'un côté.* )

*DELORME & les Soldats sortent d'un autre*
*côté.*

# SCENE VI.

## GERMOND, ROSINE, L'ENFANT, PAYSANS.

| GERMOND, ROSINE. | LES PAYSANS. |
|---|---|
| Les craintes, la tristesse, | |
| Les ennuis m'ont quitté ! | CHŒUR. |
| O moment d'allégresse, | |
| O sort tant souhaité ! | O moment d'allégresse, |
| De plaisir, de tendresse, | O sort tant souhaité ; |
| Tout mon cœur transporté, | De plaisir, de tendresse |
| S'abîme dans l'ivresse | Notre cœur transporté, |
| De la félicité. | Ressent la douce ivresse |
| | De leur félicité. |

# SCENE DERNIERE.

*( Le Théâtre change & repréfente deux pavillons du Château du Seigneur. On apperçoit plufieurs tentes & des tables dreffées dans différens endroits. Toutes les troupes du Seigneur le faluent, paffent en revue & font, en fa préfence, différentes évolutions.)*

SAINT-FAL, SEIGNEURS, DAMES
de la fuite de Saint-Fal.

*SAINT-FAL aux Troupes, après leurs évolutions.*

Amis, je fuis charmé de votre zèle ;
Mais goûtez du repos les aimables douceurs,
Et pour prix d'une ardeur fi belle,
Que les plaifirs fur vous répandent leurs faveurs.

| CHŒUR DES GUERRIERS. | CHŒUR DES FEMMES de la fuite de Saint-Fal. |
|---|---|
| Chantons la grandeur & la gloire | Chantez les bontés & la gloire |
| D'un Colonel plein de valeur | D'un Colonel plein de valeur ; |
| Son nom cher à notre mémoire | Qu'il vive dans votre mémoire, |
| Eft pour nous celui de l'honneur. | Son nom eft celui de l'honneur. |

ENTRÉE DE PAYSANS.

*UN PAYSAN à Saint-Fal.*
(*En lni préſentant des corbeilles de fruits & de fleurs.*)

Permettez, Monſeigneur, que notre main s'em-
preſſe
De vous offrir ces préſens,
Gages de notre zèle & de notre tendreſſe.

*CHŒUR général des Payſans.*

Oui les accens de la Jeuneſſe,
Les premiers ſons de nos enfans,
Les derniers chants de la vieilleſſe
Béniront vos jours triomphans.

*FIN.*

*APPROBATION.*

J'AI lu par ordre de Monſeigneur le Garde des Sceaux,
L'OPÉRA DE ROSINE, & je n'y ai rien trouvé qui
m'ait paru devoir en empêcher l'impreſſion. A Paris, ce
5 Juillet 1786.

BRET.

www.ingramcontent.com/pod-product-compliance
Lightning Source LLC
Chambersburg PA
CBHW060804180626
46818CB00002B/694